김관우 크는이 시집

포기하지 마

김관우 크는이 시집

포기하지 마

초판 1쇄 인쇄 2022년 11월 10일
초판 1쇄 발행 2022년 11월 17일

지은이 김관우
펴낸이 강정규
펴낸곳 시와동화

등록번호 제2014-000004호
등록일자 2012년 6월 21일

주소 경기도 부천시 성주로 86-4, 104동 402호(송내동, 현대아파트)
전화 032-668-8521
이메일 kangjk41@hanmail.net

ISBN 978-89-98378-58-5 43810

저작권자 (c) 김관우, 2022

값은 뒤표지에 있습니다.

김관우 크는이 시집

포기하지 마

시와 동화

시인의 말

남들보다 열심히 하지도 않는 공부 때문에 머리가 아프고 힘들 때, 일주일에 한 번씩 마음을 비우고 떠오르는 생각들을 글로 썼습니다.

시가 무엇인지 잘 모르지만, 이런저런 생각을 하곤 했습니다.

어떨 때는 지혜로운 노인의 마음처럼, 때로는 질풍노도 같은 사춘기 소년의 마음으로, 또 어떨 때는 순수한 어린아이의 마음이 되어 글을 썼습니다.

인생을 고민하거나 떠오르는 생각들을 정리하면서도 좀 더 높게 좀 더 넓게 생각하게 하는 시간이었습니다.

부족한 글이지만 저의 글을 읽는 글벗들이 공감할 수 있었으면 좋겠습니다.

2022년 9월
힌남노 올라오는 밤
김 관 우

차례

시인의 말

1부 세상은 돈다

3부 추위도 가야 한다

1부 세상은 돈다

부모

부모는 자식을 위해 산다
부모는 자식의 미래를 걱정한다
부모는 자식이 잘 크길 바란다

그래서

부모는 자식을 위해 희생한다
부모는 자식의 능력을 키운다
부모는 자식이 공부하길 원한다

하지만

과하면 안 된다
큰 사랑이 억지로 변하면 안 된다
미래의 행복도 중요하지만 현재도
중요한 자식의 행복

자식

부모의 사랑이
너무 커서
나를 숨 막히게
할 때도 있다

나는 부모를 싫어한다
분명 나는 안다
나를 위해서
나를 사랑해서
나를 행복하게 만들기 위해서
하지만 그럴 때면 나는 부모가 싫다
알아도 싫다
그냥 싫다

생각 없이

자식에게, 너는 생각 없이 사니? 라는 말을 하는 부모가 있다

정답을 알려주겠다

정답은 당연히 생각하고 있다, 다

그런데도 부모는 왜 자식이 생각 없이 산다고 말할까

나는 아직 부모가 아니어서 이유는 잘 모른다

자신이 이미 지나온 길이니 알고 자식에게 말해주는 것일까

자식도 생각한다

자신의 미래에 무엇을 할지부터 될 수 있는지도

나 또한 생각해 보았다

생각하면 마음이 아파 생각을 안 한다

그렇다

마음이 아파 못하는 것이 아니라 안 하는 것이다

미안하다 철새야

방학인데도 바쁘다
철새는 이제 가야 되는 날이 오고 있었다
철새는 한번 보자고 울었지만
나는 밖에 나가질 못했다
이제 울며 가는 철새
미안하다
너는 다시 오겠지만
네가 다시 안 올까 봐
미안하다
다시 만나고 싶다

비

장마철에는 구름이 운다
그 눈물이 바위를 부술 정도로 운다
얼마나 참고 참은 눈물인지
울다가 멈추고 다시 생각나 운다
펑펑 시원하게 울어라
그리고 다시 웃어라
계속 울기에는 아직 할 것이 있다

아직도 봄

인생은 농사라고 한다
봄에 모종을 심고 여름, 가을쯤에
수확하는 것이라고 한다
나는 아직 봄이다
근데 나는 벌써
수확을 하려고 한다

세상은 돈다

지구는 돈다 예전부터
날씨는 돈다 예전부터
바다는 돈다 예전부터
화폐는 돈다 예전부터
대부분 돈다 예전부터
사람도 당연하게 돈다
사람은 예전부터 돈다
언제나 하지만
나는 천천히 돌았으면
좋겠다

벚꽃

벚꽃은 사람의 삶과 비슷하다
벚꽃이 예쁜 이유는 짧고 화려하게 피고
가기 때문이다

사람은 젊을 때 짧고 화려하게 피고
한 순간 천천히 늙어진다

젊을 때 짧고 화려하기 때문에
기억에 남은 추억이 많은 것이다

소나무

겨울에는 나무들끼리 정한 규칙이 있다
나뭇잎을 떨어뜨리는 것이다
안 그러면 왜 겨울에 나뭇잎이 떨어지겠어

근데 너!
소나무 너는 왜 나뭇잎 안 떨어뜨려
친구들끼리 규칙을 잘 지켜야지
내가 말해도 규칙을 안 지키는 소나무
무슨 이유라도 있나?

유치원 때 본 쓰러진 소나무는 나뭇잎이 갈색이
되었지만
그래도 그때 그 소나무는 나뭇잎을 꽉 붙잡고 있
었다

주름

나이가 많을수록 많이 있는 주름
주름은 나이를 나타내는 것일까
아니면 고생을 나타내는 것일까
그것도 아니면 나이가 고생을 나타내는 것일까
무엇이 맞는 것인지 모르지만
웃으면 주름도 행복해 보인다

희망이 없는 곳은 지옥이다

우리가 힘들고 아프고 괴로울 때
포기 하지 않는 이유는
희망이 있기 때문이다
희망이 있어 용기가 생기고 힘이 난다
희망을 버리지 마라
희망이 없는 곳은 지옥이다

산타는 없었다

유치원에서 나는 이상하게 머리가 잘 굴러갔다

크리스마스 전에 상담을 받을 때 젠가가 재밌다고 했고

산타가 와서 젠가를 주었다

진짜 산타라면 젠가보다는 혼자 놀 수 있는 걸 주었겠지

그때가 첫 번째 산타의 선물이자 내가 산타를 못 믿는 날이었다

학교의 유령

학교에는 유령이 있다
교실 책상에 있으며
이어폰을 끼고
폰만 보는 유령
말을 건네지 않는 이상
말을 걸어오지 않는다
그 유령은 힘없어 보인다
진짜 유령처럼

왜놈

어디선가 온 왜놈들
우리나라를 지배했다
왜놈들에게 걸린 사람들은
목숨이 위태로웠고
독립군들은 목숨 걸고
나라를 위해 싸우고
전략가들은 무기를 산다
왜놈들은 머리카락을
깎고 돌아다니게 했고
5인 이상 집합을 못하게 해
작당 모의를 못하게 했다
언제 끝날지 모르는 위험
그래도 버텨라
언젠가 광복이 온다

2부 예쁜 우리 할머니

예쁜 우리 할머니

예쁜 우리
할머니
젊었을 시절

부천에
복숭아 꽃
휘날릴 시절

복숭아
과수원길
풋풋한 시절

어려운
식당 차려
힘들던 날들

복숭아
잎에

꽃비 보면서

식구를
돌본
예쁜 할머니

이제는
연로한
우리 할머니

손자
어리광
봐주시면서

주무십니다

신발장

할아버지의 신발이 많이 닳았다
할아버지의 신발은 어쩔 수 없이
가족들의 신발들과 헤어졌다
언젠가 내 신발도 어디론가 가 버린다
그래도 강하고 좋은 신발들은
어느새 다시 와 신발장을 채운다

나를 믿은 오랜 친구

나의 오랜 친구는 가을이 와서
나뭇잎이 떨어질 줄 알았다
하지만 나뭇잎은 갑자기 떨어졌고
불에 타올라 올라갔다
떨어질 줄 알았지만
안 떨어질 줄 알았다
나를 믿었던 오랜 친구가
한순간에 없어졌다
오랜 친구가 불에 타올를 때
추운 여름이 생각이 났다
나를 왜 그렇게 믿었을까
나무에서 새로운 나뭇잎이 자라면
좋은 영향분 먹고 살았으면 좋겠다
나도 언젠가 올 겨울을 생각하며
천천히 성장한다

죽음 1

개미는 열심히 살았어요
애기 개미는 어느 날 자기 전에
생각했어요
죽음은 무엇일까?
그냥 자는 거라고
또는 천국 지옥이 있다고
내가 죽으면 끝일까
내가 해 왔던 것이
끝나고 시간이 지나면
사람들은 내가 존재했는지도
모르게 될까?
죽음에 대해 생각하니
죽음이 무서워졌어요
아직 죽으려면 멀었지만
시간이 지나면 오는 죽음
두려워졌어요

아기 개미는 너무 무서워서

숨도 제대로 쉬지 못했어요

죽음 2

애기 개미는
아침에 일어나
티브이(TV)를 봤어요
티브이(TV)에서는 어느
할아버지 개미께서 나오시는데
그 할아버지 개미는 죽음은
두려워하지 않아도 된다고 하셨어요
죽음은 그냥 삶의 일부
그 누구라도 겪는 시간이라고
우리의 조상은 다 죽음을 맞이했다고
애기 개미는 이야기를 듣고
죽음은 무섭지만 조금은 기분이 좋았어요
애기 개미는 아직 어려요
애기 개미는 열심히 일했어요

장례식장

아침에 일어나 짐을 챙긴다
무거운 짐을 챙겨서 발이 무겁다
친척을 만나 웃었고
영정 사진을 보고 눈물이 나왔다
우는 소리가 들리면
나는 주먹을 쥐고
휴대폰을 봤다
아직 믿어지지 않지만
어린 사촌을 보고
덤덤한 척 해 본다

모든 것은 죽는다

어차피 나는 죽는다
무엇을 하든 죽는다
죽으면 끝이다
근데 사람들은 왜 열심히 사는가?
그것은 당장은 죽지 않기 때문이다
조금 더 오래 살고 싶기 때문이다
조금 더 행복하게 살고 싶기 때문이다

동물은 죽으면 가죽을 남기고
사람은 죽으면 이름을 남긴다
나는 지금 이름을 남기지는 못한다
그래서 나는 지금 죽을 수 없다
내가 이름을 남길 수 있을 때까지
나는 살 것이다
그것이 내 소원이다
내 소원을 이루면
또 다른 소원이 있다
내 죽음이 가치 있길

향

향에 불을 피우면
향은 누가 무엇을 하든
묵묵히 자기 일을 한다
바람이 불어도
명절 잔소리가 들려도
고인의 명복을 빌어도
묵묵히 향 연기는 멀리 날아
자기 일을 끝내고 향은 재가 되어
잊혀진다

봄

아침에 일어나 버스를 타고 유리창을 본다
나뭇잎이 나고 꽃이 조금씩 피는 시기
그래, 봄이다
가을에 추운 바람도 겨울에 미끄러운 땅도
여름에 정수리 뜨거워지는 햇빛도 없는 좋은 봄
적당한 바람, 듣기 좋은 새소리가
가만히 멍때리기 좋은 계절이다
봄아! 너를 기다렸다
다음에 만나면 나는 어떤 사람이 되어있을까

딱지

손에 상처가 나서 딱지가 생겼다
딱지를 떼고 싶어졌다
그래서 딱지를 뗐지만
상처가 다시 났고
피도 나왔다
나는 알았지만
한순간 참지 못해
딱지를 떼고 말았다
딱지를 계속 떼서
흉터가 생겼다
한순간 때문에
내 삶 전부에 흉터가 생겼다

어차피

어차피 옷이 다 젖을 텐데 굳이 힘들게 우산을 쓴다

어차피 시험 점수도 안 나올 텐데 굳이 힘들게 공부한다

어차피 헤어질 텐데 굳이 힘들게 인생을 산다

어차피 그럴 텐데

알면서도 하고 있다

창문 안에 눈

지금이 몇 시인지
내가 무엇을 하는지
모르고 있을 때
창문 안에 눈이 내린다
아무 이유 없이 시선은
창문 안으로 갔고
계속 눈을 보고 싶었다
아무 이유 없지만
그래서 더욱 더 시선이 간다

책임감이란

내가 동아리 부장이 됐어
근데 시국이 안 좋아
선배님들과 잘 못 만났고
잘 배운 게 없어서 다음 후배들에게
가르쳐 줄 수가 없었어
그리고 담당 선생님은 다른 학교로 가셨지
나는 나 혼자 동아리를 지켜야 된다는 게
힘들었어
그때 나는 혼자 많은 생각을 했어
나의 소극적 성향을 부술 수 있어
나는 더 멋있는 사람이 될 수 있어
책임감이란 사람이 나를 믿고 준 거야
나에게 무거울 수 있지만
나를 믿고 준 사람들을 위해 행동해야 돼
그럼 나는 책임감 있는 사람이 될 수 있을 거야
너는 책임감이 있니?

3부 추위도 가야 한다

양말

신발을 신는 데 필요한 양말
언젠가부터 신발을 위해 있는 양말
자연스럽게 신고 있는 양말
양말이 짝짝이어서 찾게 되는 양말
나는 양말 같은 사람이 되고 싶다

추위도 가야 한다

발이 추워서
두꺼운 양말을 신고 신발을 신었다
손이 추워서
두꺼운 장갑을 끼고 주머니에 넣었다
얼굴이 추워서
모자를 썼다
그래도 추워서 뒤로 돌았다
그리고 뒤로 걸었다
앞으로 가기 위해

똑같은 나무, 다른 나무

나무는 모두 다 나무예요
하지만 다른 지역에 사는 나무도 있어요
다른 지역에 사는 나무들은 조금씩 달라요
또 나무들이 어른이 돼서 물건으로 변하면
똑같은 나무이지만 다른 나무들과 달라요
모두 다 똑같은 나무이지만 모두 다 달라요

선

선한 사람은 없다
단지 선한 단면이 있을 뿐
우리는 선한 단면이 많은 사람을
선하다고 한다

행복

올라가면 내려가고
일어서면 넘어지고
즐거우면 슬퍼진다

그냥
올라가고
일어서고
즐거우면
좋다

하지만 계속
올라갈 수
일어설 수
즐거울 수
없으니

내려가고
넘어지고

슬퍼질 때가
있어야 한다
순환되어야
행복이 온다

인정

자신의 잘못을 인정하지 않고
거짓말을 하면 또 거짓말을 하게 되고
계속 거짓말을 하면 점점 커져
낭떠러지 끝에 서게 된다
자신의 잘못을 인정하는 것이
자신을 위한 것이다
그러니 내 잘못 좀 용서해 줘

매미

매미는 7년 동안 땅속에서 살다가
밖에 나와 한 달을 산다
매미들은 부모를 못 본다
하지만 매미들은 알려 주지도 않지만
밖으로 나와 한 달 동안 자식들을 만든다
누가 알려 주지도 않았는데
본능적으로 자식을 만든다
우는 것은 시끄럽지만
신기한 곤충이다

고통

과거에 나는
부끄러운 상황
슬픈 상황
아픈 상황
화나는 상황
고통스러운 상황이 있었다
아직도 생각하면
그 생각을 잊고 싶어질 때가 있다
하지만 잊으면 안 된다
그 또한 나의 일부이니
그 고통으로 내가 만들어진 것이니
나는 온화하게 고통을 마주하고
받아들인다
그리고 반복하지 않는다

찬바람

오늘도 어김없이 찬바람이 분다
마치 매일 겨울인 것처럼
힘없이 길을 걸으면 찬바람은
나를 빨리 가라고 밀어 준다
밀어 주는 것은 고맙지만
찬바람은 나는 춥게 만들고
그 찬바람은 점점 쎄져 나를 아프게 만든다
계속 불면 감각이 둔해지고 두꺼운 옷을 입어서
온몸이 아프지는 않지만 연약한 귀나 코, 손, 발은
여전히 아파진다
언제 봄 같은 따뜻한 바람이 올까?
올 수는 있을까?

눈물

나는 슬프다
어두운 밤
어두운 구름에서
눈이 내게 와
내 눈가에서
녹는다
나는 행복하게
보이고 싶다
이 슬픔이
그냥 눈이 녹은 것이라고
모두가 맞는 눈이라고
눈 때문에 눈물이 나온다고
말하고 싶다

계곡 돌멩이

계곡 가에 있는 돌멩이
다른 돌멩이보다
매끈하다
물이 흘러 흘러
돌멩이들을 매끈하게 만든 것이다
모든 일을 물 흘러가듯
보내면 나 또한 매끈한 사람이 될 것이다

안 한다, 못한다

‘안 한다’라는 것은
능력은 되지만
할 수 있지만
하지 않는 것이고

‘못한다’라는 것은
능력이 안되고
할 수 없어서
하지 못하는 것이다.

우리 정말 못해서
‘못한다’라고 하는 걸까?

댐

강이나 바닷물을 막아 두는 댐
물을 막아 두면 언제든지 쓸 수 있게 된다
물이 너무 많아지면 어느 정도는 흘려보내야 한다
그러지 않으면 물을 막아 두는 댐이 한순간에
무너진다 마치 욕심처럼

냄새

자신은 모르는 자신의 냄새
내가 이상한 냄새가 나는지 모른다
아무리 맡아도 아무 냄새 안 나지만
친구에게 물어보면 냄새가 난다고 한다
자신에게 냄새가 나는지 안 나는지도 모르는데
내가 나를 잘 안다고 생각하나

4부 알고 있다, 하지만

친구가 없다

처음 보는 친구들
서로 인사를 하고
관계를 형성한다
하지만
나는 그것이 귀찮다
그렇다
나는 귀찮은 것이다
그렇다
나는 또 후회한다

어제의 나에게

어제의 나야, 너 지금 뭐하니?
너 지금 놀고 있어?
밀린 숙제와 수행 평가가 있는데도?
너 때문에 혼나게 생겼잖아
지금이라도 해

미래의 내가 온다
너 지금 놀고 있어?

평생 친구

친구란 가깝게 오래 사귄 사람을 말한다
사람마다 친구의 양이 다르듯
의미 또한 다를 수 있다
나를 높이기 위해
내가 편하기 위해
내가 놀기 위해
내 마음을 위로하기 위해
나는 친구가 적다
만드는 것이 귀찮고
부끄러워서 그러는 것도 있는 것 같다
하지만 나는 이미 충분해서 그러는 것 같다
나에게는 누구하고도 바꿀 수 없는
좋은 친구가 있다
고맙다 친구야

중학교 동창

나는 중학생 때 친구가 제일 편하다
그때는 꾸밈없이 말하고 놀아서이다
중학교 동창들은 다 성격이 안 좋다
뭐만 하면 화낸다
그런데도 사이가 안 좋아지지는 않다
중학교 동창들과 놀면
나까지 바보가 되는 기분이 든다
그런데도 다시 놀고 싶어진다
놀면 그때의 내가 되는 기분이 좋아서 그런다
그때가 진정 행복이라는 단어를 쓴 때다

알고 있다, 하지만

나는 알고 있다, 공부는 나의 미래를 알려준다
알고 있지만 공부가 싫다
그저 게임에서 친구들을 만나고 이야기 하는 것이
좋다
나도 안다, 그러면 안 되는 것을
그러면 힘들게 산다는 것을
나는 알고 있다, 하지만
알아도 나는 공부가 안 된다

여름

학교에서 가만히 수업을 들어도 땀이 난다
그래, 여름이다
뭐만 있어도 짜증나고 체육이 끝나고 교실에 오면
화생방을 해야하는 계절
좋은점 별로 없는 계절
어릴 때 너를 제일 좋아했는데

친구들과 물총을 들고 놀았던 날
학교 끝나고 달려가 아이스크림 사던 날
수영장에서 이리저리 수영을 하던 날
그때가 생각이 난다
지나서야 소중한 추억
지금 나는 버스 안에서 폰만 본다

잠

일찍 일어나 학원에 간다
처음에는 많이 피곤했지만
시간은 나름 나를 조금 도와주었다
그래도 피곤한 건 마찬가지
잠과의 싸움은 이겨야 된다
그렇지만 잠은 싸움을 계속 이어 나간다
한순간 찾아오는 잠은 이상하도록 달콤하고 행복
하다

좀 있으면 어른

초등학생 때는 고등학생들은
어른인 줄 알았다
지금 고등학생인 나는 어른이 아니다
아직 놀기 좋아하는 어린이일 뿐이다
고등학생이 끝나면 어른이 되지만
그래도 왠지 모르게 어린이일 것 같다

옛 불꽃놀이

부모님과 손잡고 어떤 놀이동산을 갈지
정하고 있을 때
하늘에서 불꽃놀이가 시작됐다.
그 불꽃놀이는 하늘을 어둡게 만들었고
놀이 기구를 타지 못하게 했고
부모님과 헤어지게 되었다
불꽃놀이가 끝났었지만
하늘이 밝게 빛나기 힘들었고
부모님은 어디 있는지 알았지만
보지 못했다

아이스크림

어릴 때 아이스크림을 먹으면
열이 날아가면서 시원하고 맛있었다
어른이 된 후 지금 아이스크림을 먹으면
이가 아프고 시리다 어릴 때는 몰랐다
그때가 행복했다는 것을 그때로 돌아가 미치도록
아이스크림을 행복하게 먹고 싶다

되고 싶지 않다, 어른이

모든 사람들을 어른이 된다
그 전이 바로 어린이이다
어른들은 어린이에게
철이 없다고 한다
그래서 나는 어른이 되고 싶었다
하지만 어른이란
자신의 소중한 사람을 위해
희생될 수 있고
자기의 삶이 없어질 수 있다
하지만 모두 어른이 되고
그 중 진정한 어른들이 나타난다
나는 아직 어른이 되고 싶지 않다
나는 계속 어린이이고 싶다

피곤하다는 생각

분명 눈을 뜬 아침이지만
몸은 일어나지 않는다
어제 너무 힘든 일이 있어서 그런지
몸이 말을 듣지 않는다
이건 내 몸이 피곤하다고 생각하고 있어서 그런가
우리는 아직 할 일이 있다
멋지게 일어나 오늘을 만들자

침대에서

그런 날이 있다
그냥 아무것도 없이 그냥
침대 하나만 있으면
하루 종일 잠만 잘 수 있을 것 같은 날
그냥 푹신한 침대에
빨려들어가듯이 누어서
그냥 아무 생각 없이
그냥 내 체온을 느끼며
그냥 눈을 감고 싶은 날
나는 그런 날이 오는 것을 희망한다

5부 고백하지 못한다

첫 만남

학교에서 새로운 친구들을 만났다
처음 만나서 어색한 기류가
반에 잔잔하게 일고
작년에 알고 있던 애들은
모여 이야기를 나눈다
말이 많고 잘 이야기하는
친구들은 빨리 친구를 만들고
관심 분야가 비슷한 친구들끼리 모이게 되었다
어느덧 어색한 기류는 없어지고
체육 시간이 끝나고 나오는 땀 냄새와 친근한 기
류가 생기게 되었다
모든 것은 첫 만남으로 시작된다
그것이 어색할 수 있지만 시간이 지나면
좋은 기류가 생긴다

포기하지 마

너가 실력이 안돼서
너가 행동이 안돼서
너가 원하는 결과가
안 나올 수 있어
그래도 포기하지 마
도망가도 포기하지 않으면
다시 할 수 있어.

시선

남들이
나를 지켜보는 것 같다
나를 싫어하는 것 같다
나를 무시하는 것 같다

괜찮아

내가 나를 좋아해
그냥
남의 시선 신경 쓰지 마
그냥
나만 봐
그냥

메시지

밤에 오는 메시지
오면 귀찮고
안 오면 쓸쓸한
메시지

마음이 아플까봐

생각없이 인사를 건넸다
그녀도 인사를 받아 주었다
그녀를 만나면 인사를 건넸고
자연스럽게 그녀도 받아 주었다
몇 주가 지났을까
카톡도 주고 받는 사이가 되었다.
그녀가 메시지를 보내면 가슴이 뛰었다
이것이 설레임인가
나도 메시지를 보내면서
빨리 보냈나?
답장은 좋았나?
생각한다
고백하진 않을 것이다
겪어 보진 않았지만
가슴이 뛰던 마음이
아플까봐
그냥 지금이 좋다
창문 밖에선

봄을 알리는 꽃비가 내린다.

이제는 오지 않는다

나와 같이 놀자며 메시지를 보내는 그 사람

그 사람의 메시지가 오면 마치 새가 노래 부르며

오는 것 같다

하지만 나는 바쁘다고 피곤하다고 보낸다

마치 나는 울고 있는 새만 보내는 것 같다

그 사람이 보내는 새는 점점 노래를 안 부르고

나 또한 점점 그 사람을 잊어 간다

어느날 그 사람을 보았다

혼자 놀고 있었다

새는 여전히 노래를 부르지 않는다

이제는 오지 않는다

그때의 너는 나의

정말 가기 싫었던 그곳
그곳에 너가 있었다
용기내어 인사한 나
그리고 우리는 친해졌다
너의 노래를 듣고 나는 즐거웠고
나의 노래를 부르고 나는 부끄러웠다
그곳에서 나의 웃음은 너였다

너를 점점 못 보게 되었고
이제 너는 안 오게 되었지
너를 다시 만난다면
그건 인연이겠지

너를 다시 만나면 말해 주고 싶다
그때의 너는 나의 행복이었다고

덕분에

너의 옆에 있고 싶었다
너의 옆에 있고 싶어서
나는 더욱 멋진 사람이 되어야 했다

나는 운동을 했다
너에게 멋진 몸을 보여 주고 싶었다

나는 로션을 발랐다
너에게 멋진 얼굴을 보여 주고 싶었다

나는 향수를 뿌렸다
너에게 멋진 냄새를 맡게 하고 싶었다

나는 노래를 연습했다
너에게 멋진 노래를 들려주고 싶었다

나는 너의 옆에 서서 너를 보고 싶었다
이제는 너를 못 보지만

덕분에 나는 멋진 사람이 되었다

너가 보인다

나도 모르게 눈이 돌아가면 거기에는 너가 있다
목소리만 들어도 알 수 있는 너
뒷모습만 봐도 알 수 있는 너
멀리서 봐도 너의 스타일로 알 수 있다
너가 보인다 어디에서든

행복 기준

너는 어떤 아이가 되고 싶니
부자 아이 거지 아이
부자 아이가 좋을 수 있어
하지만
거지 아이는 사탕을 가지면
행복해
부자 아이는 사탕을 가지면
행복하지 않아
가진 건 같지만
행복의 기준점이 달라
너는 어떤 아이가 될래?

게임하는 중

조금만 조금만 더
기다려 봐
조금만 있으면
끝나 기다려 줘
언제까지냐고?
그건 게임이 끝날 때까지
그냥 기다려 조금 있으면
끝날 거야

고백하지 못한다

너를 좋아한다
그래서 너를 위해
좋아한다고 말을 못한다
혹시나 너가 나를 피할까 봐
멍청하고 돈도 없는 나를 싫어할까 봐
너가 나를 피하는 것 보다
차라리 너의 옆에서 웃고 싶다
고백하지 못한다
너를 위해 나를 위해

잊으면 보이는 너

너를 잊고 살아가는 줄 알았다
널 다시는 안 볼 줄 알았다
근데 이제 막 잊혀지려고 하면
너는 왜 내 눈앞에 있는 거니
어차피 아무런 사이 없이 그냥
알고 있는 사림이면 되는데
그런데도 내 눈앞에만 있어도
심장이 느껴진다
잊고 싶지만 너를 잊고 싶지 않은가 보다

포기하지 말아요!
- 이 땅의 '크는 이'들에게 보내는 편지

우선 '크는 이'라는 낯선 말에 대하여 한 마디 하겠습니다.

아시다시피 연령대에 따라 어린이, 젊은이, 늙은이, 늙은이도 애늙은이 중늙은이 다 있는데, 청소년(靑少年)만 한자로 표기됩니다. 그것도 어린이와 젊은이 사이에 낀 세대가 청소년이지요. 그래서 이들에게도 우리말 이름을 주고 싶어 생각한 게 '크는 이'입니다.

크는 이 여러분!

여러분은 이미 어린이(1-12세)가 아니고, 그렇다고 아직 젊은이도 아닙니다. 참으로 어중간한 경계에 처하다 보니 고뇌와 갈등 또한 많을 수밖에 없습니다. 어쩌다 보니 어린이 자리를 벗어나 적절한 보호나 대우를 받지 못하고, 아직은 젊은이(어른)처럼 자기 위치도 확보하지 못했으므로 거기 합당한 현실 타개 능력 또한 부족합니다. 여기 난점이 있습니다.

여러분이 서있는 자리가 바로 그곳입니다.

'고3'이 시집을 냅니다.

국·영·수 공부 잘해서 좋은 대학 가야 할 꿈꾸지 않고, 이곳저곳 학원이나 맴돌다 막상 학교 수업 시간엔 낮잠이나 자면서 지난 한 해 써 모은 '작품'이 무려 60여 편에 이릅니다.

내가 보기에 이 시들은 바로 여러분의 길벗, 관우 군이 여러분과 더불어 살아남으려는 노력, 그러기 위한 저항과 버티기로 읽혔습니다.

관우 군의 생각이나 고뇌, 관우 군의 갈등이나 외침은, 관우 군만의 생각이나 고뇌, 관우 군만의 갈등이나 발언이 아니라 오늘을 사는 수많은 관우, 현실을 겪어가는 수많은 '크는 이' 여러분의 공통된 생각이고 고뇌이며 그 외침으로 들렸습니다. 그렇다 보니 저 이오덕 선생 말씀같이 "이 아이들을 어찌할 것인가"가 아니라 "이 현실을 어찌할 것인가"라고 물어야 할 것 같습니다. 왜냐하면 바로 우리 어른들이 그렇게 만들었으니까요.

지난 한 해 동안 나는 먼발치로 관우 군을 바라보았습니다.

제대로 보았는지는 모르지만, 그는 자세가 바르고 무엇보다 정직하고 꾸밈이 없어 보였습니다. 대상을 있는 그대로 보고, 무엇보다 할머니와 할아버지를 사랑했습니다. 마치 어렸을 때 내 모습을 보는 것 같았습니다.

예쁜 우리
할머니
젊었을 시절

부천에
복숭아 꽃
휘날릴 시절

복숭아
과수원길

풋풋한 시절

어려운
식당 차려
힘들던 날들

복숭아
잎에
꽃비 보면서

식구를
돌본
예쁜 할머니

이제는
연로한
우리 할머니

손자
어리광
봐주시면서
〉

주무십니다

「예쁜 우리 할머니」 전문

할아버지의 신발이 많이 닳았다
할아버지의 신발은 어쩔 수 없이
가족들의 신발들과 헤어졌다
언젠가 내 신발도 어디론가 가 버린다
그래도 강하고 좋은 신발들은
어느새 다시 와 신발장을 채운다

「신발장」 전문

　부모님에 대해서는, 충분히 이해는 하면서도 어떤 사안에 대해서는 찬성할 수 없다는 입장을 견지했습니다.

　부모는 자식을 위해 산다
　부모는 자식의 미래를 걱정한다
　부모는 자식이 잘 크길 바란다
　>

그래서

부모는 자식을 위해 희생한다
부모는 자식의 능력을 키운다
부모는 자식이 공부하길 원한다

하지만

과하면 안 된다
큰 사랑이 억지로 변하면 안 된다
미래의 행복도 중요하지만 현재도
중요한 자식의 행복

「부모」전문

　자식에게, 너는 생각 없이 사니? 라는 말을 하는 부모
가 있다
　정답을 알려주겠다
　정답은 당연히 생각하고 있다, 다
　그런데도 부모는 왜 자식이 생각 없이 산다고 말할까
　나는 아직 부모가 아니어서 이유는 잘 모른다

자신이 이미 지나온 길이니 알고 자식에게 말해 주는
것일까
자식도 생각한다
자신의 미래에 무엇을 할지부터 될 수 있는지도
나 또한 생각해 보았다
생각하면 마음이 아파 생각을 안 한다
그렇다
마음이 아파 못하는 것이 아니라 안 하는 것이다

「생각 없이」전문

급변하는 경쟁 사회에서 관우 군은 그에 대한
적응이 좀 느린 편입니다. '피로 사회'라는 말도
있듯이 매사 빠르고 계산적인 현실에서 관우 군
은 한 발작 뒤지지만, 그의 영혼은 아주 아름다운
'크는 이'입니다.

내 어렸을 때 이야기 하나 하겠습니다.

1학년 때 똥을 쌌습니다.
끝없이 이어지는 팔자수염 교장 선생님의 훈화

를 참지 못했던지 여하튼 대운동회 날 만국기 밑에서 나는 똥을 쌌습니다. 물론 달리지도 못했습니다. 2학년 때 달리기에서 8등을 했습니다. 3학년, 4학년, 5학년 때도 8등을 했습니다. 여덟 명이한 조였으므로 그것은 꼴찌를 의미합니다. 그런데 6학년 때 이변이 일어났습니다. 여섯 해 동안매년 운동회 구경을 오신 할머니가 관중석에서일어나 큰소리로 외치셨던 것입니다.

"일등이다, 우리 잉규(인규)가 일등이여!"

그랬습니다. 나는 분명 맨 앞에서 뛰고 있었습니다. 이를 앙다물고, 두 주먹을 쥐고 뛰고 있었습니다. 그런데, 그런 내 뒤를 하나, 둘, 셋, 넷…… 여덟 명이 바싹 뒤쫓고 있었습니다. 다름아닌 다음 조였습니다.

대운동회 날은 으레 비가 왔습니다. '일등'을 하고 비를 맞으며 돌아오는 길, 할머니가 내게 말씀하셨습니다.

"아가! 천천히 가그라. 꼴지두 괜찮여. 서둘다 자빠지믄 너만 다쳐. 암만 늦게 가드라두 네 몫은 거기 있능겨. 앞서 간 애들이 다 골라 간 것 같어두 남은 네 몫이 의외루 실속 있을 수 있능겨, 잉규야!"

이런 할머니에게, 나는 생전에 아무것도 해 드린 게 없습니다. 돌아가신 다음에야, 그러니까 지난 1991년 가을, 대한민국 문학상을 받았을 때, 나는 그 상금으로 우선 할머니 무덤이 비석을 세워드렸습니다.

관우 군은 한참 변화를 겪는 나이입니다.

또래들과 다름없이 현실을 겪고 있는 보통 학생입니다.

이성 친구도 사귀고 싶고, 공부도 해야 하고, '나는 어디서 와서 어디로 가는가', 죽음 같은 본질적인 물음도 갖는 연령대입니다.

생각없이 인사를 건넸다

그녀도 인사를 받아 주었다

그녀를 만나면 인사를 건넸고

자연스럽게 그녀도 받아 주었다

몇 주가 지났을까

카톡도 주고 받는 사이가 되었다.

그녀가 메시지를 보내면 가슴이 뛰었다

이것이 설레임인가

나도 메시지를 보내면서

빨리 보냈나?

답장은 좋았나?

생각한다

고백하진 않을 것이다

겪어 보진 않았지만

가슴이 뛰던 마음이

아플까봐

그냥 지금이 좋다

창문 밖에선

봄을 알리는 꽃비가 내린다.

「마음이 아플까봐」 전문

계곡 가에 있는 돌멩이

다른 돌멩이보다

매끈하다

물이 흘러 흘러

돌멩이들을 매끈하게 만든 것이다

모든 일을 물 흘러가듯

보내면 나 또한 매끈한 사람이 될 것이다

「계곡 돌멩이」 전문

아침에 일어나 짐을 챙긴다

무거운 짐을 챙겨서 발이 무겁다

친척을 만나 웃었고

영정 사진을 보고 눈물이 나왔다

우는 소리가 들리면

나는 주먹을 쥐고

휴대폰을 봤다

아직 믿어지지 않지만

어린 사촌을 보고

덤덤한 척 해 본다

「장례식장」 전문

관우 군 뿐만 아니라 수많은 '크는 이'들이 어깨 무거운 짐에 허덕이고 있는 게 현실입니다. 미안합니다. 그들에게 이런 현실을 물려준 어른, 다름 아닌 장본인으로 무력하게도 그들에게 마땅한 길이 열리기를 빌 뿐입니다.

생각해 보면, 물길이 있어 그리로 물이 흐르는 게 아니라 샘이 있어 그 물이 흐르다 보니 물길을 만들고 그 물길을 따라 강이 흐르고 바다에 이릅니다. 관우 군은 마땅히 관우 군의 길을 만들고,

관우 군은 그래서 자기 길을 가야 합니다.

참으로 '고3'이 어려운 길을 만나 수많은 '크는 이'들이 그 길을 가야 하는데, 다시 한번 말하지만 미안합니다. 그것은 바로 우리 어른들이 만들어 놓은 길이기 때문입니다.

발이 추워서
두꺼운 양말을 신고 신발을 신었다
손이 추워서
두꺼운 장갑을 끼고 주머니에 넣었다
얼굴이 추워서
모자를 썼다
그래도 추워서 뒤로 돌았다
그리고 뒤로 걸었다
앞으로 가기 위해

「추워도 가야 한다」 전문

올라가면 내려가고
일어서면 넘어지고
즐거우면 슬퍼진다

＞
그냥
올라가고
일어서고
즐거우면
좋다

하지만 계속
올라갈 수
일어설 수
즐거울 수
없으니

내려가고
넘어지고
슬퍼질 때가
있어야 한다
순환되어야
행복이 온다

「행복」 전문

마지막으로 내 이야기를 하나 더 하겠습니다.

제대 말년, 마지막 휴가로 귀가하여 하루는 낮잠을 자는 중이었습니다.

다음은 부모님께서 갑오징어 데친 걸 초고추장에 찍어 잡수시다 나누신 대화입니다.

"자는 애 깨울 걸 그랬나요?" 어머님이 묻고

"깊이 잠 든 것 같은데 뭘!" 아버님이 대꾸하셨습니다.

잠시 후, 어머님께서 망설이시다 "좋은 상관들 만나 군대 생활은 간신히 마치는 것 같은데, 제대하면, 제 앞가림이나 하려나 원!"

"……."

아버님은 묵묵부답.

나는 이미 잠이 달아났는데도 일어나지 못했습니다. 자신도 모르게 흘러내린 눈물이 차갑게 베개를 적셨습니다. 어려서부터 몸도 약한데다 마음도 여려 험한 세상 어찌 살아갈까 걱정이 많으신 부모님 마음이 묻어난 말씀에 나도 모르게 울컥했던 것입니다. 초등학교 6년 동안 달리기는 매년 꼴지, 수학 빵점, 영어도 낙제점에 가까워 아예 실기 평가만으로 신입생을 뽑는 예술 대학

문창과에 진학했습니다. 그런데 그런대로 살다
보니 이미 80 노인으로 이 글을 쓰고 있습니다.

　　남들이
　　나를 지켜보는 것 같다
　　나를 싫어하는 것 같다
　　나를 무시하는 것 같다

　　괜찮아

　　내가 나를 좋아해
　　그냥
　　남의 시선 신경 쓰지 마
　　그냥
　　나만 봐
　　그냥

　　「시선」 전문

　　너가 실력이 안돼서
　　너가 행동이 안돼서

너가 원하는 결과가

안 나올 수 있어

그래도 포기하지 마

도망가도 포기하지 않으면

다시 할 수 있어.

「포기하지 마」전문

무엇보다 관우 군은 착하고 순합니다. 그런 친구 곁에는 그런 친구들이 모인다는 게 내 생각입니다. 내가 살아 보니 그랬습니다.

사람은 누구에게나 자기 길이 있고, 자기 몫이 있습니다.

포기하지 말아요. 이게 내 부탁입니다.

강정규 (동화작가, 권정생어린이문화재단 이사)

꽃 진다고 서러워 마라,
꽃 져야만 그 자리에 열매 맺힌다

박수호(시인)

 강정규 동화작가께서 원고를 내게 내밀었다. 원고를 받아들고 보니 김관우 시집 원고 묶음이었다. 다른 말씀은 없었다. 아직 어리다거나 어른이라고 말하기 어려운 그쯤에 서 있는 고3 학생의 작품이라고만 하셨다. 다른 설명이 없었던 것이 나를 더 궁금하게 만들었고 급하게 원고를 넘기게 하였다. 시집 한 권 묶음의 원고를 잠시 멈춤도 없이 읽었다. 나의 고교 시절을 포함한 청소년 시절의 고민과 갈등이 거기 있었다. 그러나 김관우 시인은 내가 지났던 그 시절의 나보다 생각의 깊이와 폭이 넓었다. 그리고 솔직하고 맑아서 좋았다.

시를 읽으면서 이 시 속의 기성세대들은 별 쓸 모없는 걱정을 많이 하시는구나 하는 생각이 들었다. 사실 부모가 자식을 사랑하는 표현 방법은 다양하다. 잘 자라기를 바라는 마음이라는 것쯤은 어느 누구도 알지만 그것이 간섭이나 귀찮음으로 여겼을 수도 있다는 것도 알아야 한다. 김관우 시인은 어른들의 생각이나 행태가 잘 이해되지 않았던 것 같다. 온전히 이해하려면 좀 더 많은 시간이 필요할 것이라는 생각이 들기도 하였다. 이것은 김관우 시인뿐만 아니라 적지 않은 청소년들이 겪고 있는 고민이며 갈등인 것 같기도 하다.

과하면 안 된다
큰 사랑이 억지로 변하면 안 된다
미래의 행복도 중요하지만 현재도
중요한 자식의 행복

「부모」부분

부모의 사랑이
너무 커서
나를 숨 막히게
할 때도 있다

「자식」부분

자식에게, 너는 생각 없이 사니? 라는 말을 하는 부모
가 있다
정답을 알려주겠다
정답은 당연히 생각하고 있다, 다
그런데도 부모는 왜 자식이 생각 없이 산다고 말할까

「생각 없이」부분

부모와 자식은 이 세상에서 어떤 관계보다 가장
소중하고 중요한 관계다. 피와 살을 나눈 관계이
다. 그런 관계가 불편하거나 부담스러운 관계가
되는 경우도 있다. 부모는 자식이 한세상을 살아
가면서 남의 존경을 받아 가면서, 남의 부러움을
사면서 자아실현을 하며 살기를 바랄 것이다. 그

래서 가장 소중한 자식에게 한세상 살면서 해 줄 수 있는 것을 다 해주고 싶은 것이다. 그런데 그 것이 받아들이는 자식에게 부담을 주거나 불편하게 하기도 한다. 대부분의 사람들은 이런 것을 겪으면서 지났다. 그때는 불만이었는데 지나고 나니 사랑이라는 것을 깨닫게 되기도 한다.

그렇지만 나는 기성세대가 앞으로 삶을 영위해나갈 신생의 세대에 대해 믿고 기다려 주었으면 한다. 천방지축이지만 그들은 또 다른 개체로서 자기 몫의 삶을 살아낼 수밖에 없기 때문이며, 대신 살아줄 수 없기 때문이다. 내가 하는 일이 진정 자식이나 후대를 위한 조언이나 충고인지 살펴보아야 하며 내 경험에서 만들어진 편향적인 한 생각인지 다시 점검해볼 필요가 있다.

내가 낳은 자식이라도 나와는 다른 존재(개체)이다. 서로 화장실을 대신 가 줄 수 없다. 죽도록 아파도 대신 아파줄 수 없다. 우리는 그 옆에서 아파하는 자식을, 부모를 연민할 수밖에 없는 존재들이다. 그것을 안다면 우리는 어떻게 해야겠는가.

'뭣이 중한디'라는 말이 있다. 무엇이 진정 자라나는 신세대를 위한 일인가? 이 시집은 우리에게 이 질문을 던지고 있다.

계곡 가에 있는 돌멩이
다른 돌멩이보다
매끈하다
물이 흘러 흘러
돌멩이들을 매끈하게 만든 것이다
모든 일을 물 흘러가듯
보내면 나 또한 매끈한 사람이 될 것이다

「계곡 돌맹이」 전문

강이나 바닷물을 막아 두는 댐
물을 막아 두면 언제든지 쓸 수 있게 된다
물이 너무 많아지면 어느 정도는 흘려보내야 한다
그러지 않으면 물을 막아 두는 댐이 한순간에
무너진다 마치 욕심처럼

「댐」 전문

어제의 나야, 너 지금 뭐하니?

너 지금 놀고 있어?

밀린 숙제와 수행 평가가 있는데도?

너 때문에 혼나게 생겼잖아

지금이라도 해

미래의 내가 온다

너 지금 놀고 있어?

「어제의 나에게」 전문

  이런 생각을 하고 있는 학생에게 '생각을 하고 있느냐?'고 묻는다면 우리는 뭐라 대답을 할 수 있을까. 이만큼 사려 깊은데 더 생각하라고? 지나치지 않나. 기성세대는 이런 학생들이 하는 일을 적절한 만큼의 거리를 두고 지켜 바라보아 주는 것이 더 먼저 일인 것 같다. 지나치게 가까운 거리는 아이들을 숨 막히게 한다는 것을 알았으면 좋겠다. 또 이 시기 특성 가운데 하나는 '자아 정체감'이 형성되는 시기이기도 하다. 어른과 기성세대가 긍정적인 믿음을 형성해주어야 하는 시기

라는 것도 아실 것이다.

　이 시집에는 젊은이의 생각과 고민 등이 있다. 「첫 만남」, 「마음이 아플까 봐」, 「너가 보인다」, 「고백하지 못한다」 등 이때만 할 수 있는 순수한 사랑이 느껴진다. 이런 시들을 읽으면서 나도 모르게 숨죽이게 되고 침이 꿀꺽 넘어가는 내 젊은 시절의 사랑을 생각하게 된다.

　나는 독자들에게 김관우 시인을 지켜봐 주셨으면 한다. 너무 가까이 다가가 간섭하거나 조언한답시고 훼방 놓지 말고. 그는 이미 당신들의 걱정을 알고 있다. 그리고 세상을 어떻게 꾸미고 가꾸어야겠다는 것을 생각 하고 있다. 조금은 아슬아슬하더라도 기다려 보시라. 이 시인이 마술처럼 만들어내어 놓은 세상을. 당신이 생각하는 세상과는 다른 세상일지라도 그것은 나름 멋진 풍경이 될 것이다.

　꽃이 진다고 서러워 마라, 꽃이 져야 그 자리에서는 열매가 맺힌다. 어느 누구도 이런 고민과 갈등 과정을 거친다. 어떤 사람은 가볍게 어떤 사람은 무겁게 지난다. 어떤 사람은 단번에 어떤 사람은 여러 차례 실패를 거친 다음에 건넌다. 그 순간은 늦었다 싶지만 조금만 지나 보면 늦지만 않았다는 것을 알게 된다. 오히려 늦은 것이 얼마나 다행인지 모른다고 생각을 하게 만드는 경우도 생긴다.

김관우 시인이 만들어 갈 세상이 궁금하다. 자기 향기를 풍기며 자기 나름의 세상을 만들어 갈 것이라고 생각한다. 마술처럼 손에서 꽃을 피워내듯이 말이다. 우리는 적당한 거리를 두고 지켜바라보면 된다. 사람이 넘어졌을 때 곧바로 일으켜 세워주는 것이 아니라 기다리다 보면 스스로 일어나 걸을 수 있다고 믿는 것처럼, 그저 따스한 햇살로, 공기로 먼발치에서 지켜봐 주면 된다. 우리는 이파리도 내밀고 가시도 뻗어가는 그를 먼발치에서 지켜 바라볼 것이다.